KB180893

# 한국 희곡 명작선 142

이어도로 간 비바리

한국 희곡 명작선  142

# 이어도로 간 비바리

장일홍

평민사

# 상실홍

이·어·도·로 간·비·바·리

**등장인물**

순임 : 수남
석중 : 미연
에미 : 이장(최필구)
할미 : 영감(최기봉)
철민(용수) : 형사
심방 : 소무

이 밖에 일인다역의 배우들, 코러스.

**무대**

일출봉 기슭에 자리한 바닷가 언덕.
언덕 왼편 오르막길은 일출봉으로 가는 길이고, 오른편은
성산포로 통하는 길이다. 언덕 중앙은 요왕맞이 굿의 제장
(祭場).
멀리 배경으로 바다와 牛島(소섬)가 보인다.

막이 오르면 심방과 소무들이 굿을 하기 위한 준비에 여념
이 없다. 장막을 친 제장 안에 요왕기를 세우고 제상을 차
리면서 분주히 움직인다.
맨 앞에 대나무 가지로 요왕길을 설치하고 그 앞에 시왕길
(열두 시왕문), 그리고 시왕길 앞에 제상을 차린다.

| | |
|---|---|
| **심 방** | 순덕이 어멍, 영그릇은 바다에 던져서? |
| **소 무** | 바다에 빠져 죽은 망자의 넋을 건져 올리려고 하면 영그릇부터 던져삽주. (기다란 줄을 제장으로 끌어오며) 영그릇을 묶은 이 줄을 당기면 요왕님께서 망자의 머리터럭이라도 올려보내 주실 텝주. |

구덕을 등에 진 에미 등장.

| | |
|---|---|
| **에 미** | 수고햄수다. |
| **심 방** | 예, 어서 옵서. |
| **소 무** | 날씨가 좋아서 다행이우다. 다 회장님 공덕이우다. |
| **에 미** | 요왕님이 보살펴 준 덕입주. (구덕을 부린다) |

소무들이 구덕에 있는 제물을 꺼내 제상에 진설한다.
이때 일출봉에서 내려오는 수남.

| | |
|---|---|
| **에 미** | 식전 아침부터 어디 갔다 왐시니? |
| **수 남** | ……. |
| **에 미** | 소용없는 짓이여, 그만 포기허라. |
| **수 남** | 읍내를 다 뒤져시난 오늘부턴 일출봉을 샅샅이 뒤져보쿠다. |
| **에 미** | 그러다간 느가 병 나키여. |
| **수 남** | 하는 데까지 해 봐삽주. (성산포 쪽으로 퇴장) |

**에미가 끌끌** 혀를 차는데 오조리 잠녀 가, 나 등장.

**잠녀 나**    실례허쿠다. 여기서 요왕맞이 굿 할 거우꽈?

**에 미**    예.

**잠녀 나**    그러면 성산리 잠녀회장 여기 왔지예?

**에 미**    예, 내가 회장이우다만 무슨 일로….

**잠녀 나**    (잠녀 가에게) 성님이 얘기헙서.

**잠녀 가**    (앞으로 나서며) 우린 오조리 잠년디 따질 일이 있어서 왔수다.

**에 미**    따지다니? 무얼 말이우꽈?

**잠녀 가**    아시다시피 오조리 어촌계에서는 소라와 전복을 키우는 바다 양식장을 운영하고 이십주.

**에 미**    그런디 마씸?

**잠녀 가**    최근에 우리 양식장의 소라와 전복이 까닭도 없이 죽는 일이 많아졌수다.

**잠녀 나**    작년엔 그런 일이 없었는디 금년부터 생긴 일입주. 이것은 필시 성산리 잠녀회에서 운영하는 넙치 양식장과 관련이 있다고 보암수다.

**에 미**    까마귀 날자 배 떨어진다는 격이우다. 넙치 양식장과 소라 양식장이 무슨 관계가 있다는 거우꽈?

**잠녀 나**    그걸 몰라서 물엄수꽈?

**에 미**    모르니까 묻는 거 아니우꽈?

**잠녀 가**    넙치 양식장에서 생긴 온갖 폐수가 흘러가는 배출구가 어디 있수꽈?

**에 미**  그거야 바다로 나가게 되십주.

**잠녀 가**  그거 봅서. 그 배출구를 통해서 사료 찌꺼기나 항생제, 소독제가 바다로 흘러가게 되고 그것이 바다를 썩게 하면서 결국은 전복과 소라를 죽이는 원인이 된단 말이우다.

**에 미**  난 무식해서 어찌 된 판인지 잘은 모르지만 댁의 그런 애긴 금시초문이우다.

**잠녀 나**  그렇게 어물쩡 오리발 내민다고 그냥 넘어갈 것 같수꽈!

**에 미**  거참, 젊은 여편네 주둥아리가 되게 험하네. 닭 잡아먹은 일도 없는디 오리발이라니?

이때, 성산리 잠녀 1·2 등장. 모두 구덕을 짊어졌다.

**잠녀 1**  (에미에게) 성님, 일찍 오셨수다. (구덕을 부리자 소무들이 잽싸게 날라간다)

**에 미**  응, 왔나? (오조리 잠녀들을 가리키며) 이 사람들은 오조리 잠녀디, 우리 넙치 양식장에서 흘러내린 폐수 때문에 오조리 양식장의 소라, 전복이 죄다 죽었댄 햄신게.

**잠녀 2**  (기세 좋게 나선다) 아니, 어떤 년이 마른 날에 벼락 맞을 소릴 햄수꽈?

**잠녀 가**  (버럭) 어떤 년이라니! 방귀 뀐 놈이 성낸다고, 되레 큰 소리는.

**잠녀 2**  가는 말이 고와야 오는 말이 곱주 마씸. 멀쩡한 사람을 죄인으로 누명 씌우는디 성질 안 나게 됐수꽈?

**잠녀 나** 누명이라니? 넙치 양식장에서 바다로 뽑아낸 배출구에 가 봅서. 약 냄새, 썩는 냄새로 오장이 뒤집힐 지경이라 마씸. 그 일대 바닷물은 거품이 부글부글 끓어 오르고 사료 찌꺼기들이 둥둥 떠다녀서 이건 숫제 하수종말처리장이 아니고 뭐우꽈?

**잠녀 1** 건 또 뭔 소리라? 파도가 몇 번 왔다리 갔다리 하면 찌꺼기 같은 건 저 멀리 실어가 버릴 텐디.

**잠녀 가** 말 잘했수다. 그 파도에 실려 성산리 폐수가 오조리 양식장을 오염시켰주게.

**잠녀 1** 당신들이 무슨 근거로 그렇게 주장하는지 모르지만 그렇다면 증거를 내놔야 헐 게 아니라?

**잠녀 나** 증거는 뭔 놈의 증거라? 소라, 전복 껍데기에서 약냄새가 팍팍 나는디.

**잠녀 2** 귓구멍에 당나귀 좆을 박았나, 말귀를 그렇게 못 알아먹엄서? 그 약내가 우리 양식장에서 흘러간 항생제나 소독제 냄새라는 증거를 내놓으랜 허난.

**잠녀 나** 그럴 줄 알았주. 당신들이 뱃장 좋게 우길 줄 알고 우린 이미 보건연구소에 수질검사를 맡겨 놓았수다.

**잠녀 1** 허면, 검사결과가 나온 다음에 따지든지 할 일이주, 무사 미리부터 경충거리는 거라?

**잠녀 가** 경충거리다니? 말이란 게 '아' 해서 다르고, '어' 해서 다른디 지금 누구한티 시비 거는 거라?

**잠녀 나**   죄송하단 소리 할 줄 알고 왔는디 너무들 뻔뻔스럽네.

**잠녀 2**   뭐어, 뻔뻔스럽다고!

**잠녀 나**   (눈꼬릴 치뜨며) 그래, 뻔뻔스럽다!

**잠녀 2**   (손가락질 하며) 아니, 너희 집 구석엔 어른도 안 키우냐? 감히 누구한티 도끼눈을 뜨고 지랄이여!

**잠녀 나**   이게 어따 대고 손가락질이야! (손바닥으로 잠녀 2의 손을 내리친다)

**잠녀 2**   (노기등등하여) 아니, 어따 대고 손찌검이야! 이년이 죽을려고 환장을 했나?

**잠녀 나**   (악에 받쳐서) 그래, 환장했다. 이 잡년아!

**잠녀 2**   뭐여!

와락 잠녀 나의 머리 끄뎅이를 나꿔챈다. 이에 질세라, 잠녀 나도 잠녀 2의 머리채를 거머쥔다. 두 사람이 소리 지르며 밀고 당기자, 잠녀 1과 잠녀 가도 서로 자기 편을 감싸려고 싸움판에 끼어들었다가 집단 패싸움이 된다. 난마처럼 얽힌 일대 활극이 전개되자 제상 차리던 심방과 소무들이 장막에서 뛰어 나온다.

**심 방**   웬일이우꽈?

**에 미**   (손만 저으며) 어이, 그만 둬! 손 놓으라게!

**소 무**   굿판을 싸움판으로 착각들 허는 거 아니우꽈?

**잠녀 나**   (단말마의 비명) 아얏! 이년이 내 넙적다릴 물었어. 야, 이 개 같은 년아! 아구창 돌아가기 전에 이빨 못 빼? (에미와 소무

들이 달려들어 겨우 한 사람씩 뜯어 말린다)

**잠녀 가** (식식거리며) 오냐, 이따가 바닷가에서 보자. 오조리 잠녀들을 몽땅 끌고 나올 테니까, 거기서 한 판 붙어 보자.

**잠녀 1** (할딱거리며) 이년아, 붙기는 니 서방하고나 붙어라.

**잠녀 가** 서방 없다, 이년아.

**잠녀 1** 과부가 과부 서러운 줄 안다. 나도 서방 없다.

**잠녀 나** 오늘은 이 정도로 물러서지만 다음에 만날 땐 톡톡히 빚을 갚아 줄 테니 단단히 각오들 허라게!

잠녀 가·나 퇴장. 남은 사람들, 잠시 허탈해진다.

**에 미** 우리가 너무 한 게 아니카?

**잠녀 1** 성님은 남의 사정 보다가 갈보 난다는 소리도 못 들어 봤수꽈? 우리가 넙치 양식장을 어떻게 만들었수꽈? 집집마다 은행 빚을 얻어 투자한 건디 양식장이 잘못되면 우리 마을 사람들, 동냥 깡통을 차야 헙주 마씸. (마을 사람들, 삼삼오오 굿판으로 모여 든다)

**심 방** (에미에게) 회장님, 준비 다 되시난 초감제 시작허쿠다.

**에 미** 예. (심방이 초감제를 시작하면 마을 사람들, 제상을 향해 두 손을 비비며 고개 숙여 기원을 한다)

**심 방** 요왕 영맞이 천왕베포 도업으로… (느린 연물에 맞춰 사방에 절을 한다) 어떵 허연 이 공소 올리느냐. 4·3사태로 우리 성산포서 한날한시에 불귀의 객이 되어 신체조차 찾지 못

핸 요왕국 상불턱에 드신 영신 혼벽님네들, 칭원헌 원정을 요왕님 전에 기도허염시난 저승 가는 길에 원혼될 일들 다 풀어줍서. 불쌍하고 칭원하신 영혼 영신, 요왕길로 들어서젠 하시는디 요왕길이 어디 있는지 모릅네다. 사해 요왕 용신국으로 요왕길을 둘러보러 가자. (연물에 맞춰 춤을 추면서 요왕길을 둘러본다) 문은 열려야 신전님도 오고 생인님도 옵네다. 천왕 가면 열두문, 지왕 가도 열두문, 인왕 가면 아홉문, 동의 청문, 서의 백문, 남의 적문, 북의 흑문, 옥황은 도성문, 저승은 팔대문, 이승은 구대문, 본당문 신당문, 어찌 되며 모릅네다. 요왕길을 둘러보았더니 초군문, 이군문, 삼시 도군문이 탄탄하게 닫혀서 무섭고 서꺼운 길이 되어 간다. 사해 요왕 용신국으로 초군문 이군문 삼시 도군문도 열러 가자.

소무, 댓섶으로 술잔에 술을 부어 사방에 뿌린다. 심방은 처음에 신칼과 요령을 들고 장단에 맞춰 춤을 추다가 신칼로써 점을 친다. 다시 감상기를 들고 춤을 추다가 제상 앞에 절을 세 번 하고 감상기를 마주 세워 무릎을 꿇고 앉아 있다가 신칼과 감상기를 들고 일어나 격렬하게 춤을 춘다. 소무들, 북 장고를 치며 심방의 선창을 따라 부른다.

| 새물로 새양아 | 원물로 원양아 |
| 새물로 쫓아내자 | 원물로 쫓아내자 |

어느야 물에사  새 아니 놀멍

어느야 물에사  용 아니 놉네까

깊은 물에는  용이나 놀고

얕은 물에는  새 앉아 놉네다

이 새를 쫓아내자  저 새를 쫓아내자

쌀 그려 우는 새  배고파 우는 새

목 말라 우는 새  물 그려 우는 새

쌀 주며 쫓아내자  물 주며 쫓아내자

(노래는 점점 빨라진다)

옥항엔 부엉새  땅 밑엔 도덕새

밥주리 약은 새  총덜기 알롱새

말 좋은 앵무새  입 작은 촉새여

(점점 더 빨리)

이 새가 들어서  가내 주당에

흉험을 주는고  신병을 주는고

재물에 들어서  풍문을 주는 새

자손에 들어서  재앙을 주는 새

쫓고 쫓아내자  주어나 훨쭉

쫓고 쫓아내니  멀리로 달아나

동으로 포르르  날아 가는고

서으로 포르르  날아 가는고

날액을 메웁서  돌역을 메웁서

궂은 수액을  일일이 막읍서

(신칼을 들고 점을 친다)


에미가 장막에서 나오면 장막이 닫히고 무대는 집으로 바뀐다. 에미, 수심에 가득 찬 얼굴로 바다를 본다. 파도소리. 허리가 다 꼬부라진 할미가 지팡일 짚고 힘겹게 걸어온다.


**할 미**　오늘이 초여드레 맞지?

**에 미**　예.

**할 미**　알성세기 할망당에서 굿판이 벌어질 텐디….

**에 미**　그래서 순임이 하고 거기 다녀오잰 햄수다. 어머님도 가보시쿠과?

**할 미**　나? 거동도 불편한디 어떻게 거기까지 가.

**에 미**　순임이가 부축해드리면 됩주게. 헌데 얘가 어딜 가신고?

**할 미**　난 다른 사람한티 짐이 되는 건 싫어.

**에 미**　그러면 가만히 누워 계십서. 굿 퇴물 많이 얻어오쿠다. 어머님이 좋아하시는 돌래떡도….

**할 미**　돌래떡 먹어본 지도 꽤 오래 되언. 벌써부터 군침이 돌아.

**에 미**　차암… 어머님은 꼭 어린애 같수다.

**할 미**　너도 내 나이 돼 봐라. 늙으면 애기 된다는 옛 어른들 말씀이 하나도 그른 데 없어.

**에 미**　오늘 잠수굿은 기우제를 먼저 드리잰 햄수다.

**할 미**　아무렴, 비가 안 온 지가 벌써 몇 달째여? 백록담이 바다까지 말라서 거북등처럼 땅이 갈라졌댄 햄게. 숭시(凶事)

15

여, 숭시…. (안으로 들어간다)

이때, 마을 남자 1, 2 등장.

**남자 1** 마침 계셨군. 안녕하시우꽈?

**에 미** 아침부터 웬일로들 이렇게….

**남자 2** 어디 외출하시잰 햄수꽈?

**에 미** 예, 알성세기 할망당에 가잰 마씸.

**남자 2** 아참, 우리 집 여편네도 새벽참에 일어나서 목욕을 하고 야단 법석을 떨던디….

**에 미** 길상이 어머닌 씨 뿌리는 선수로 뽑혀십주. 일 년 동안 바다 농사 잘 되라고 갯가에다 오곡을 뿌릴 건디 깨끗한 몸으로 나서는 게 당연헙주게.

**남자 1** 그건 그렇고 석중이 어머니와 의논할 게 있어서 와십주.

**에 미** 저어… 다음에 하면 안 되쿠꽈? 오늘 굿은 잠녀회에서 주최하는 굿이 돼놔서 내가 제주(祭主) 노릇을 해야 될 형편입주게.

**남자 2** 글쎄 이게 화급을 다투는 일이라서… 될 수 있는 대로 간단히 요점만 말허쿠다. 잘 아시다시피 우리 둘은 너븐드르에 밭뙈기 갖고 이십주. 서울 사람이 거기에 호텔을 짓겠다고 해서 밭을 팔기로 하고 매매계약을 했수다. 그런디 호텔이 들어설 한복판이 석중이네 땅이엔 허멍 마씸?

**에 미** 그 얘기꽈? 그 문제라면 이장에게 몇 번이나 우리 땅은 팔지 않겠다고 해신디 마씸?

**남자 1**  석중이 어머닌 안 팔겠다면 그만이지만 피해를 입는 건 우리들입주.

**에 미**  아니, 저 때문에 피해를 본단 말이우꽈?

**남자 1**  땅이 팔리면 작은 발동선을 하나 사려고 계약금까지 지불해 논 상태인디 돈이 안 빠지니까 계약금만 날리게 됐수다.

**남자 2**  자네가 아무리 급하다 해도 당장 사람이 죽고 사는 문제가 아니니까, 나보다는 덜 급할 걸세. (에미에게) 우리 집 사람이 자꾸 배가 아프다고 하길래 얼마 전에 읍내 병원에 가서 진찰을 받아보지 않았수꽈? 헌데 의사가 말하길 뭐 위암의 초기증상이라고… 수술을 해야 된댄 마씸. 여기서는 안 되고 시내 큰 병원으로 나가야 한다는디 내가 뭔 재주로 수술비를 대겠수꽈? 땅이 팔리지 않으면 큰일이우다. 석중이 어머니, 그저 생목숨 하나 살려주는 셈치고 땅을 팔아주십서.

**에 미**  제가 팔지 않더라도 두 분의 땅만 팔면 되지 않으카 마씸?

**남자 1**  허참, 사돈 남 말 하듯 허시네. 서울 사람이 노른자위인 석중이네 땅을 못 사면 호텔 짓는 걸 아예 포기하겠다니 답답한 일 아니우꽈?

**에 미**  노른자윈지 흰 자윈지 모르지만 어쨌든 우리 땅은 팔지 않겠수다.

**남자 1**  아니, 우리가 이렇게 손이 발이 되도록 비는디 냉정히 거절할 수 있수꽈?

**남자 2**  한 마을에 살면서 어려울 때 서로 돕고 사는 게 도리지, 저 혼자 이익 때문에 다른 사람들에게 피해를 줘도 되는 거우꽈?

**에 미**  혼자 이익이라니?

**남자 1**  시방 동네에선 석중이 어머니가 끝내 버티는 건 땅값을 더 올려서 받으려는 수단이라고… 소문이 자자헙니다.

**에 미**  (냉소를 흘리며) 그렇수과? 좋도록 생각허십서.

**남자 1**  (삿대질 하며) 그게 아니고 뭐우꽈? 자기 욕심 채우려고 다른 사람들 울리다간 천벌을 받지, 천벌을!

**에 미**  (남자 1을 뚫어지게 보다가) 두칠이 아버지, 날 똑바로 보십서. 전 이 마을에서 태어나 육십 평생을 살아 왔수다. 여태껏 남과 큰 소리로 다퉈본 적도 없고 더더구나 자기 욕심 채우려고 남을 억울하게 한 일은 없었수다. 그래도 날 나쁜 년이라고 욕할 거우꽈?

**남자 1**  ….

**에 미**  너븐드르에 있는 밭을 팔지 않으려는 데는 그만한 사연이 있수다.

**남자 2**  그 사연이란 게 뭐우꽈?

**에 미**  모두들 잊고 있구나예. 난 너무도 생생히 때를 기억하고 있수다. 무자년 난리 때 군인들이 마을 사람들을 너븐드르에 모아 놓고 청년 다섯을 골라 다섯 개의 구덩이를 파게 해십주. 그 청년들이 먹구슬나무에 인공기를 매달고 삐라를 뿌린 통비분자라는 거라마씸. 마을의 유지였던 백

발이 허연 한창희, 송대수 두 어른이 나서십주. 이 청년들을 살려주면 우리가 책임지고 착한 사람으로 만들겠노라고… 잠시 후에 요란한 총성이 울리더니 청년 다섯뿐 아니라 두 어른도 피를 내뿜고 쓰러집디다. 구덩이 두 개가 더 파졌고 벌집이 된 일곱 구의 시신이 그 자리에 묻혀십주. 바로 그 땅이 우리 밭이라 마씸.

**남자 2**  (움찔하며) 그게 사실이우꽈?

**에 미**  거기에 호텔을 짓게 되면 땅은 파헤쳐지고 죄 없이 돌아가신 그분들의 뼈는 포크레인으로, 불도저로 짓뭉개질 겁주. 어디 그뿐이우꽈? 신혼여행 온 젊은 남녀가 싸지른 구정물이 그분들의 넋이 잠들어 있는 땅을 적실 거우다. 이게 살아남은 우리들이 억울하게 돌아가신 분들을 위해 할 짓이우꽈?

**남자들**  (침묵)

**에 미**  길상이 아버지, 두칠이 아버지… 난 돈 때문에, 땅값이 오르길 기다리는 게 아니우다. 원혼들의 명복을 빌어주지는 못할망정 그들을 두 번 죽이는 파렴치한 짓은 못 허쿠다. 토란 잎 위에 구르는 이슬 같은 우리네 인생인디 살면 몇 백 년을 살 거우꽈? 우리가 죽어서 저승에 먼저 간 일곱 사람을 만났을 때 뭐라고 헙니까? 발동선 때문에, 마누라 때문에 당신들의 가슴을 갈가리 찢어발겼노라고 할 거우꽈? 대답해 봅서, 대답을…!

**남자 1**  (눈을 질끈 감았다가, 남자 2에게) 난 땅을 팔지 안 허크라.

**남자 2**  나도 안 팔크라.

**남자 1**  자네 마누란 어쩔 셈이라?

**남자 2**  할 수 없지 뭐, 다음 기회로 미루는 수밖엔. 자네 발동선은 어떵 할 거라?

**남자 1**  수협에서 발동선 구입 자금을 장기 저리로 융자해 준다는 얘기가 있던디 그쪽으로 알아 봐사크라. 자네가 골칠세, 암이라는디….

**남자 2**  암 증상이 있다고 했지, 암이라고는 하지 않았네. 아무튼 큰 병원에 가서 다시 한 번 진찰을 받아 봐사주. 그때 가서 진짜 암이라면 집이라도 팔아사주.

**에 미**  죄송허우다, 여러분께 본의 아닌 피해를 입게 해서….

**남자 1**  아, 아니우다. 석중이 어머니가 오늘 우리에게 귀중한 깨우침을 주었수다. 난 되레 고맙게 생각하고 있수다.

**에 미**  그렇게 생각해 주시니 다행이우다.

**남자 2**  곰곰이 생각해 보니 그동안 우리가 최필구의 농간에 놀아난 거라.

**남자 1**  맞아, 그 음흉한 거간꾼이 파는 자와 사는 자, 양쪽에서 구전을 뜯어 먹으려고 온갖 사탕발림으로 우릴 부추긴 거여.

**남자 2**  개 눈엔 똥만 뵌다고, 돈벌이가 되는 일에 필구가 끼지 않았던 적이 이서?

**남자 1**  작년 진드르에 골프장이 설치될 때만 해도 그 작자가 얼마나 설쳐댔나. 마을 총회에서 만장일치로 골프장 건설을 반대했는디 청년회원들을 구워삶아서 마을발전기금 기탁

이다, 장학금 전달이다 하면서 여론을 무마했주.

**남자 2**  골프장 건설을 뒤에서 조종한 그 삵쾡이 같은 이장 놈이 원흉이지, 원흉이야.

**남자 1**  우리, 이럴 게 아니라 이장 놈 집으로 몰려가서 따지세. 땅을 안 팔겠다는 우리의 뜻도 명백히 밝히고….

**남자 2**  가세, 그놈 쌍판대기가 붉으락푸르락 총천연색 시네마스코프로 바뀌는 꼬락서닐 봄세.

**에 미**  늦었수다. 속히 굿판으로 가 봐사쿠다.


이때, 삽을 든 순임이 몹시 불안하고 피로한 기색으로 등장.


**에 미**  굿판에 갈 준비는 않고 어딜 갔다 오는 길이냐?

**순 임**  (당황해서) 저어… 너븐드르에….

**에 미**  거긴 왜?

**순 임**  측백나무 몇 그루 심었어요.

**에 미**  측백나무를?

**순 임**  방풍림으로… 내년엔 감귤 묘목을 심으려구요.

**남자 1**  해풍에 감귤 묘목이 자랄 수 이시카?

**순 임**  승현이네도 심었는데 잘 자라고 있잖아요.

**남자 1**  거긴 경우가 다르지. 삼 년 전부터 방풍림을 빽빽히 심어 놨거든.

**에 미**  얘야, 헌데 그 붕대에 웬 피냐?

**순 임**  (화들짝 손을 감추며) 아, 네에… 나물 심다가 다, 다쳤어요.

| 에 미 | 다쳤다고? 그럼 치료를 해야지. |
|---|---|
| 순 임 | (재빨리 들어가며) 괜찮을 거예요. 대수롭지 않은 상처에요. |
| 남자 1 | 그참, 이 가뭄에 나무가 살아날까? |
| 할 미 | (나오며) 순임이가 어딜 다녀 온다고? |
| 에 미 | 너븐드르에 가서 측백나무를 심고 왔댄 햄수다. |
| 할 미 | 우리 밭에? |
| 에 미 | 예. |
| 할 미 | 잘한 일이여. |
| 에 미 | …. |
| 할 미 | 에미 넌, 땅 우는 소리도 안 들엄시냐? |
| 에 미 | 땅이 울어 마씸? |
| 할 미 | 그래, 비가 부슬부슬 오는 밤이나 안개가 자욱이 긴 새벽에 가만히 귀 기울이면 그 소리가 들려. |
| 남자 2 | 그게 뭔 홍두깨로 대패질 하는 소리여? 아니, 할머니, 땅이 울다니! 어떤 땅이 운단 말이우꽈? |
| 할 미 | 너븐드르 땅. |
| 남자 1 | 너븐드르 땅? |
| 남자 2 | 그렇다면…? |
| 남자 1 | 뭔가 좀 켕기긴 하네. |
| 할 미 | 무자년 난리 때 죽은 귀신들이 우는 소리여. |
| 일 동 | 귀신들이! |
| 할 미 | 그 땅에 묻힌 귀신들은 가족이 죄다 난리 때 죽어서 제삿밥도 못 얻어먹고 있주이? 그래서 그 땅은 농사는커녕 나 |

22

무 한 그루 안 자라는 저주 받은 땅이 된 거여.

**에 미**  어머님, 무슨 말씀을 그렇게….

**할 미**  에미야, 너도 알지만 여태 그 땅에 뭘 심어서 콩깍지 하나 거둬들인 게 이시냐? 귀신들의 원한이 맺혀서 그런 거여. 맺힌 건 풀어줘사주. 에미야, 기우제도 좋고 잠수굿도 좋지만 시급한 건 아직도 구천을 헤매고 있는 너븐드르 귀신들의 혼령을 위로할 굿을 해주는 일이여.

**남자 1**  옳거니, 지당하신 말씀이우다.

**남자 2**  옳은 말씀인디… 누가 앞장서는 사람이 있어야겠지?

**남자 1**  그거야 우리 마을에서 잠녀회장 이상으로 발언권이 센 사람이 어디 이서?

**할 미**  너븐드르 귀신 말고 구천을 헤매는 귀신들이 또 있주.

**에 미**  또 이서 마씸?

**할 미**  무자년 난리 때 토벌대가 우리 마을 청년들을 폭도로 몰아서 성산포 앞바다에 수장시켰주. 그땐 무서워서 시체도 못 찾았어. 바다에 빠져 죽은 시신들의 넋을 찾아 위로하고 저승으로 고이 보내는 요왕맞이 굿을 해야 잠녀들이 탈 없이 물질을 할 수 있는 거라.

**에 미**  어머님, 굿판에 가서 의논해 보쿠다. 어머님 말씀을 듣고 보니 정말 그동안 우리가 너무 무심했던 것 같수다.

**남자 2**  암은요, 늦었지만 이제라도 요왕맞이 굿으로 저승길을 치우면 억울하게 돌아가신 영혼들도 피맺힌 한을 풀 거우다. 자, 그럼, 우린 먼저 갑니다. (모두 퇴장)

장막이 열리면 심방과 소무들이 흰 천(광목)을 대가지(요왕길) 사이로 길게 늘어뜨리고, 그 끝은 제상 위에 가도록 당기면서 요왕다리를 놓는다.

심방이 '혼적삼'과 '차사영겟기'를 들고 나와 혼을 부른다.

**심 방**　요왕다리를 놓았더니 요왕길이 미끈하게 닦아졌다 하는구나. 요왕다리 놓았더니 사해 요왕 용신국 어간 되어 있습니다. 불쌍하고 칭원하신 영혼 영신, 눈물 수건 혼 든 의장 땀 든 의장 부여잡고 사해 요왕 용신국으로 초혼 이혼 삼혼도 씌우러 가자. 어- 4·3사태에 죽은 넋입네다. 볼래 낭개에 빠져 죽은 영신 혼벽, 초혼을 씌우져 합네다. 초혼 돌아옵서. 초혼 본- (징을 세 번 친다) 한날한시에 성산포 앞바다에서 익사한 이혼 돌아옵서. 이혼 본- (징을 세 번 친다) 삼혼 돌아옵서. 삼혼 본- (징을 세 번 친다) 불쌍하고 칭원하신 영혼 영신 초혼 이혼 삼혼이랑 요왕 열두 문도 열러 가자. (심방이 노래를 선창하면 소무와 마을 사람들, 따라서 후창한다)
사나 사나 사낭갑서 요왕문도 열려줍서.
초군문도 열려줍서. 이군문도 열려줍서. 삼시 도군문도 열려줍서.
동의 청요왕문도 열려줍서. 서의 백요왕문도 열려줍서.
남의 적요왕문도 열려줍서. 북의 흑요왕문도 열려줍서.
중앙 황신문도 열려줍서. 사만 사천 용신문도 열려줍서.
요왕길을 치워 닦고 칭원허고 원통한 설운 영신 혼벽

건져 올려시난 이젠 시왕길 잘 치워 닦아 저승 상마을로
올려 드리고저 합네다.

심방이 장단에 맞춰 춤추며 제장으로 들어가면 장막이 닫힌다.

형사가 소리 없이 등장하여 집안을 휘둘러보고, 뒤꼍을 민첩하게
살핀다. 순임이 부엌에서 나오다 질겁한다.

**순 임**  에그머니나!

**형 사**  (느물거리며) 허허… 강석중 군, 집에 있나요?

**순 임**  어, 없어… 근데 누구시죠?

**형 사**  어디에 있는지 몰라요?

**순 임**  모, 몰라요… 어째서 오빨 찾는 거죠?

**형 사**  아, 강군의 누이 동생이로군. 경찰에서 나왔어요. 몇 가지
물어 봅시다. 강군의 어머닌 성산포 잠녀회장이죠?

**순 임**  네.

**형 사**  계신가요?

**순 임**  좀 전에 미역 따러 나갔어요.

**형 사**  가장 최근에 강 군한테서 연락이 온 건 언제요?

**순 임**  지난겨울에 전화가 한 번 걸려 왔을 뿐이에요.

**형 사**  그 후에 편지나 인편으로 소식을 전해 오지는 않고…?

**순 임**  네.

**형 사**  강 군의 소재지를 알고 싶은데 주소나 전화번호를 알고

있소?

**순 임**  모르는데요.

**형 사**  혹시 강 군에게서 연락이 왔거든 자수하라고 일러줘요.

**순 임**  (부러 놀라며) 자수라뇨? 오빠가 무슨 죄를 졌나요?

**형 사**  강 군은 남해 골프장 현장사무소 건물에 방화한 혐의를 받고 있소. 잡히면 큰 벌을 받지만 자수하면 정상 참작이 될 거요.

**순 임**  (짐짓) 어머니가 이 사실을 알면 기절하고 말 거예요. 공부만 열심히 하는 줄 알았는데….

**형 사**  학교엔 휴학원을 냈던데… 이만 가겠소. 거듭 말하지만 아가씨가 오빠 생각한다면 내가 한 말 잊지 말고 전해 주시오.

**순 임**  ….

형사 퇴장. 마당가를 서성이던 순임, 마루에 앉아 상념에 잠긴다. 수남이 헐레벌떡 등장. 반가움에 겨워 일어선 순임, 그러나 곧 풀이 죽는다.

**수 남**  어떻게 된 일이야? 석중이가 왔었나?

**순 임**  쉿! (바깥 동정을 살피고 와서) 누가 그래요?

**수 남**  형사가 우리 사무실로 찾아 왔어. 다짜고짜로 당신 친구 강석중이 있는 곳을 대라는 거야.

**순 임**  그래서요?

**수 남**  나도 만나본 지가 오래 됐다고 하니까 협조를 부탁한다며 비실비실 사라지더군.

**순 임**  어떤 협조요?

**수 남**  뻔하잖아? 석중이가 나타나면 꾀여바치라는 얘기지.

**순 임**  오빤 안전한 곳에 있어요.

**수 남**  안전한 곳이라면?

**순 임**  ….

**수 남**  날 못 믿겠다는 거야!

**순 임**  (낮게) 일출봉 아래 동굴 속에요.

**수 남**  (끄덕이며) 으응, 그 곳이면 쥐도 새도 모르겠네. 어렸을 적에 횃불을 들고 자주 드나들었었지. 그 곳에 피신해 있으면 제 아무리 날고 기는 형사라도 찾지 못할 거야. 그동안 여기저기 도망쳐 다니느라고 고단할 텐데 오래 견딜 수 있을까?

**순 임**  식량은 있으니까 당분간 염려 없어요.

**수 남**  내가 야밤을 이용해서 만나보고 오겠어.

**순 임**  조심해요. 경찰이 눈에 불을 켜서 찾고 있으니까 미행자가 있을지 몰라요.

**수 남**  걱정 마. 이래봬도 군대에 있을 땐 특수부대원이었다구. (사이) 헌데 넌 왜 미역 따러 가지 않았지?

**순 임**  (역정 내며) 병신이 뭐 하러 그런데 가!

**수 남**  (붕대 감은 순임의 왼손을 보다가) 열등감을 가질 필욘 없어. 신성한 노동을 하다가 다친 건데, 뭐.

**순 임**   노동이 신성하다구? 수남씬 노동해 봤어요? 하루에 열두 시간씩 미싱틀에 앉아 있는 육체 노동을….

**수 남**   그래서 내가 뭐랬니? 서울로 공장살이 하러 떠나겠다고 했을 때 극구 말리지 않았어?

**순 임**   난 바다가 싫어요. 할머니도, 어머니도 평생을 바다에서 살았지만 남는 건 찢어진 가난뿐이에요.

**수 남**   그렇지만 네 어머닌 물질해서 자식 키웠고 석중일 대학 공부까지 시키고 있어. 그 이상 무얼 더 바란단 말야?

**순 임**   (결연히) 난 할머니나 어머니처럼 짠물 먹고 살진 않겠어요.

**수 남**   이런 말 듣기 거북하겠지만… 서울 갔다 온 후에 넌 많이 변했어. 네 마음속엔 허영심만 가득 차 있다구.

**순 임**   호홋… 허영심? 그래요, 난 허영심이 많은 여자예요. 가난이 싫어 서울까지 왔는데 악착같이 돈을 벌어서 금의환향 해야겠다고… 닥치는 대로 야간일을 자원했지요. 졸린 눈을 부비며 절단기에 손을 집어넣는 만용을 부린 것도 다 허영심 때문이었구요.

**수 남**   (달래듯) 지나간 일을 탓해선 뭐 하겠니? 손목 하나 없다고 해서 사는데 지장이 있는 건 아니잖아.

**순 임**   오늘보다 내일이, 내일보다 모레가 더 나으리라는 희망 때문에 사람들은 사는 거예요.

**수 남**   물론 그렇지. 하지만 인생에 대해서 너무 많은 걸 기대해선 안 돼. (사이) 저번에 내가 한 말, 생각해 봤어? 요즘 부쩍 부모님 성화가 느셨어. 삼대독자 집안이니 그럴 만도

하지.

**순 임**    (고갤 흔들며) 안 돼요, 난 그럴 자격 없어요.

**수 남**    ….

**순 임**    (애원하듯) 제발 돌아가 주세요, 혼자 있고 싶어요.


수남이 나간 뒤 순임, 무너지듯 주저앉는다. 할미 등장.


**할 미**    순임아! 순임아!

**순 임**    (얼른 눈물을 훔치고) 네, 할머니.

**할 미**    방 안에만 있으려니 갑갑해서 못 살키여. 역시 바다를 보니까 가슴이 탁 트염저. 해방 전에 우리 마을 잠녀들이랑 중국의 청도와 대련, 만주, 일본의 대마도까지 출가를 나갔을 때도 청솔처럼 푸른 제주 바다가 눈에 서언 했었주. 고향이란 참말로 좋은 거여… (순임에게 고갤 돌려) 넌 물질을 영영 하지 않을 셈이가?

**순 임**    ….

**할 미**    기왕에 시작한 물질이니 그래도 상군 잠녀 소리 한 번 들어보고 그만 뒤사주.

**순 임**    물질, 물질… 그 말이 입에서 떠나질 않으니… 할머닌 물질이 지겹지도 않으세요?

**할 미**    뭐이라?

**순 임**    (큰 소리로) 할머닌 물질이 지겹지도 않냐구요?

**할 미**    제주 속담에 쇠로 못 나면 여자로 난다는 말이 이서. 비가 오나 눈이 오나 여자들은 하루도 쉬지 않고 쇠처럼 일만 했주. 물질하다가 밭으로 가 김을 매고 김을 매다가 바다로 나가 물질을 했어. 이게 섬 아낙네들의 운명이여. 아무도 운명을 비껴갈 순 없는 거라.

**순 임** 난 잠녀가 되는 게 내 운명이라고 생각하지 않아요.

**할 미** 오랜 옛날, 섬 무지렁이들은 나라에 진상품을 바치기 위해 삼백 예순 날 바다에서 살았어. 나랏님한티만 바치는 게 아녀. 지방 관속들 몫까지 할당했주. 못 바치면 옥에 가두어 태작을 하니까 모자라는 수량을 채우려고 밤낮 바다에 들어 몸엔 소금기가 가실 날이 없었주. 이게 우리 조상님네들이 살아온 내력이주게.

**순 임** 시대가 달라졌어요. 케케묵은 옛날 얘길 뭐 하러 하세요?

**할 미** 달라졌다고? 송충인 솔잎을 먹고 해파린 짠물을 먹고 사는 이치는 예나 지금이나 같아.

**순 임** 그건 할머니 인생이에요. 난 할머니처럼 되고 싶진 않아요.

**할 미** 난 후회 없이 살았어. 이젠 죽는 일만 남았주기….

**순 임** 오래오래 사세요.

**할 미** 뭐이라?

**순 임** 할머닌 오래 사셔서 백 살을 채우셔야 한다구요.

**할 미** (빙그레 웃고는) 노망해서 똥을 싸 벽에 바르고 오줌을 싸 후루룩 마시는 꼬라질 보고 싶단 말이냐?


이때, 최영감 등장. 뒷짐 지고 느릿느릿 할미 곁으로 온다.

| | |
|---|---|
| **영 감** | 할망, 안녕하시오? |
| **할 미** | 허어, 내일은 해가 서쪽에서 뜰로고. 귀하신 하르방이 누추한 우리 집엘 다 찾아오고…. |
| **영 감** | 임자한티 긴히 부탁할 일이 있어서 왔주. |
| **할 미** | 나한티 부탁할 일도 이서? 흥, 살다 보니 별 일도 다 이신게. |
| **영 감** | 다름이 아니라… 엊그제 미연이 애비가 다녀간 모양인디 석중이 에미가 한사코 땅을 팔지 않겠다고 했댄 허여. 그래서 임자가 좀 나서 주어사크라. |
| **할 미** | 오오라, 그러니까 날 보고 에미한티 압력을 넣으라, 그 말씀인게. |
| **영 감** | 일테면 그렇주. |
| **할 미** | 하르방은 먼저 난 머리보다 나중 난 뿔이 더 무섭다는 걸 몰람서? 젊은 사람들이 어련히 알아서 헐 테주. |
| **영 감** | 제에길, 엎어지면 코 닿는 이웃에 살면서 어려울 땐 도와가며 사는 거 아니라? |
| **순 임** | 참견해서 안 됐지만… 땅은 재벌이 사는데 우리 땅 파는 게 어째서 영감님을 돕는 건가요? 그리고 아닌 말로 영감 댁에서 우릴 도와 준 게 뭐 있어요? |
| **영 감** | (잠시 말문이 막힌다) 그, 글쎄 아마도 미연이 애비가 토지매매 건에 대해서 책임을 맡은 모양이라. 서울에서 하루에도 서너 차례씩 전화가 와 가지고 채근을 허는디… 자식하는 일이 안쓰러워 보다 못 해서 내가 나섰주게. |
| **순 임** | 이건 영감님이 나설 일은 아니죠. 엄청난 이권이 개입된 |

31

일이 아니면 영감님이 앞장서지도 않았을 테지만요.

**영 감** 할망, 우리가 앞으로 살면 얼마나 더 살거라? 지나간 날을 뒤돌아보면 섭섭한 일도 많겠지만… 모두 잊어버리고 옛날의 우정을 생각해서 도와주어게.

**할 미** 우정? 허허헛… 개구리가 들어서 하품 허겠네. 우리 사이에 어디 정 같은 게 이서나서? 당신 집안은 대대로 우리 집안을 괴롭히기만 했주. 내가 그 내력을 닦아보카?

**영 감** 뭘 또… 오래 전 얘기니까 잊어부러게.

**할 미** 말 한 마디로 천량 빚을 갚는다고… 짐승 같은 짓을 해 놓고도 당신들이 언제 진심으로 사과해 본 적 이서? 지난 일을 잊어버리랜? 내 몸이 진토가 될지언정 넋은 펄떡펄떡 살아나 당신들이 얼마나 잘 되는지 지켜볼 거라. 소름이 끼쳐 왐서. 하르방은 무슨 염치로 날 찾아 와서?

**영 감** ….

이때, 에미가 빈 몸으로 허겁지겁 등장.

**순 임** 뭘 가지러 오셨나요?

**할 미** 무사 일찍 들어와시니?

**에 미** 어머님, 이 일을 어쩌면 좋수과? 우리 석중이가 지서 순경들에게 끌려가는 걸 본 사람이 있단 마씸.

**순 임** 뭐라구요, 오빠가…!

**할 미** 석중이가 집에 왔었나? 언제 와서?

**순 임**　그저께요.

**에 미**　후딱 옷 갈아입고 지서에 가 봐사쿠다. (안으로 들어간다)

**영 감**　난 이만 실례 하겠소. (퇴장)

**할 미**　애, 석중이가 뭔 죄를 진 게 있댄 해냐?

**순 임**　골프장 사무소에 불을 질렀대요.

**할 미**　불을? 골프장 설치에 반대했으면 됐주, 불은 왜 질러?

**에 미**　(나오며) 내가 늦어지거든 느가 해안가로 나가서 구덕을 챙겨오라.

**순 임**　어머니, 저도 같이 갈까요? 초조하고 불안해서 견딜 수 없어요.

**에 미**　아니다, 할머닐 보살펴 드려사주.

**순 임**　그럼… 다녀 오세오. (에미, 황급히 퇴장)

**할 미**　순임아, 너 가서 정화수 한 그릇 떠오너라.

**순 임**　뭐 하시게요?

**할 미**　뭐 하긴. 석중이가 풀려나게 해 달라고 용왕님께 빌어사주. 귀신도 귀가 있어. 빌면 귀신도 들어 준다.


순임이 개다리소반에 물을 떠오자, 바다를 향해 절하며 빈다.


**할 미**　(손을 비비며) 東이 바당 광덕왕 / 西이 바당 광신용왕 / 北이 바당 흥이용왕 / 南이 바당 정이용왕…


장막이 걷히면서 제장의 모습이 드러난다. 심방이 제상 앞에 징을

들고 서서 징을 치면서 망자를 저승의 좋은 곳으로 보내 주도록
저승을 차지한 시왕 열두 신들에게 빈다.

장고 장단에 맞추어 심방이 선창하면 소무는 장고를 치며 복창한다.


**심 방**　사니나사나 사니나사나 날로 달로 사냥갑서

맺힌 간장 맺힌 시름 날로 달로 사냥갑서

맑은 길 데다깡 왕성극락 지부찜서

초제올라 진강대왕 도산지옥 사나사나 사냥갑서

불쌍헌 영신님네 열시왕 앞으로 길 치건

청나비 몸으로 환생헙서 백나비 몸으로 환생헙서

불쌍헌 영신덜 저승 상마을 살려줍서 새내와 들입네다.


장막이 닫히면 경찰서 유치장.

석중이 창백한 얼굴로 의자에 앉아 있다. 에미 등장.


**에 미**　….

**석 중**　어떻게 아셨어요?

**에 미**　못난 것.

**석 중**　심려하지 마세요. 곧 나가게 될 거예요.

**에 미**　누가 널 내보내 주켄?

**석 중**　담당 경찰관을 만나 보셨나요?

**에 미**　맘 독하게 먹으라.

**석 중**　이미 각오하고 있었어요.

**에 미** 　대관절 뭔 일을 저질렀냐? 전국에 지명수배 됐댄 헌게.

**석 중** 　우리 마을에 골프장이 들어서면서 주민들이 엄청난 피해를 입는 걸 어머니도 아시잖아요. 골프장 농약이 지하로 침투해서 지하수를 오염시키고 있어요. 그뿐입니까? 골프장 보토로 사용한답시고 산을 깎아내리니까 밭에 토사가 마구 흘러내려 농사까지 망치게 됐다구요. 먹는 물까지 오염시켜서 우리의 생존 자체를 위협하는데 가만히 앉아서 당해야만 합니까?

**에 미** 　올핸 미역밭이 풍년이여. 넘은 해처럼 미역 시세가 좋아야 헐 텐테….

**석 중** 　어머니 고생하시는 거 다 알아요. 조금만 참으세요.

**에 미** 　네가 우리 마을 출신 대학생들을 선동해 고향으로 끌고 와서 데모를 하고 불을 질렀다는디 그게 사실이냐?

**석 중** 　어머니, 다 고향을 지키기 위한 일이에요.

**에 미** 　(노려보며) 썩을 놈! 네 까짓 것들이 지키지 않아도 고향은 없어지지 안 헌다. 하라는 공부는 하지 않고 학생놈들이 무슨 얼어죽을 데모야, 데모가!

**석 중** 　어머니! 가진 자들은 해변 골프장을 만들어서 수평선을 바라보며 골프를 치고 낭만을 즐길지 모르지만 그 통에 가난한 백성들의 삶이 송두리째 파괴되고 있는 현실을 어찌 두고 보란 말입니까?

**에 미** 　듣기 싫다! 모자지간에 의를 끊으려거든 네 맘대로 하거라. 어휴! 지지리도 못난 내 팔자여. 십년 과부로 앉았다가 고자 남편을 만난다고… 자식새끼 하나 믿고 기다린 보람이 어신게.

**석 중**　주제넘은 소린지 모르지만, 어머닌 학생들을 이해하지 못해요. 학생들이 순수하다는 것만 알아주세요.

**에 미**　망할 것! 에미가 네 학비를 대려면 일 년 삼백예순 날을 물질해도 모자라서 조, 콩, 보리, 마늘, 당근, 양배추… 밭농사까지 해야 겨우 마련할 수 있저. 그 피나는 돈으로 학교 보냈더니 데모나 하고 이젠 유치장에 갇히는 신세라. (가슴을 주먹으로 탕탕 치며) 속 터진다, 속 터져!

**석 중**　죄송합니다, 어머니.

**에 미**　어쩜 그런 것까지 지 애빌 닮았어. 피는 못 속인다, 못 속여….

**석 중**　그게 무슨 뜻이죠?

**에 미**　(퍼뜩) 아니다, 아무 것도 아녀. 저어… 이번에 내려와서 미연일 만나시냐?

**석 중**　네.

**에 미**　(어렵사리) 이런 말은 하지 않으려 했다만… 정 더 깊어지기 전에 관계를 끊으라.

**석 중**　왜요? 어머니도 미연이 아버질 닮았군요. 두 분께선 이웃집에 살면서 서로 으르렁대는 이유가 뭐죠? 철천지원수처럼 지내는 배경을 알고 싶어요.

**에 미**　내 눈에 흙이 들어가기 전엔 이 이야길 입 밖에 꺼내지 않으려 했저. 그게 가슴 속에서 불이 되어 활활 타오를 때마다 참고 견뎌시민 언젠간 재가 되겠지, 하고 말이다.

**석 중**    사연이 있긴 있군요.

**에 미**    (눈을 지그시 감았다가) 하도 오래된 일이라 자꾸 헷갈려서 어
디서 시작해야 좋을지 모르키여. 그래, 그때부터 말 허주기.

희미한 굿소리가 바람결에 실려 온다.
무대, 어둬졌다가 철민과 잠녀, 젊은이들 등장하면서 밝아 온다.

**철 민**    (침통한 낯으로) 여러분, 어쩌면 오늘이 마지막 수업이 될지
도 모릅니다. 냄새를 맡은 주재소 순사들이 야학당을 폐쇄
하려 한다는 소문이 떠돌고 있습니다. (젊은이들, 술렁거린다)
그래서 오늘은 지난 육 개월 동안 꾸준히 배워 온 조선어와
역사 공부 대신에, 왜 우리가 조선말과 조선의 역사를 배워
야 하는가에 대해서 말하겠습니다. 말과 글은 민족의 얼이
요, 역사는 겨레의 혼이 새겨진 발자취입니다. 그런데 일제
는 우리의 얼과 혼을 강탈해 갔습니다. 저들이 비록 우리의
모든 것을 빼앗아간다 할지라도 우리말과 글을 잃어버리지
않는 한 조선의 역사는 영원할 것입니다.

**잠 녀**    선생님! 야학당이 폐쇄되면 우리 잠녀들은 어디 가서 누
구한테 배웁니까?

**철 민**    사람은 누구든지 자신의 운명과 싸워야 할 의무가 있어
요. 오늘 이 자리에는 잠녀들도 몇 사람 나와 있지만, 잠녀
들이 인권을 유린당하고 권익을 침해받는 것은 나라를 잃

었기 때문입니다. 그래서 우리에게 지금 시급한 것은 나라를 찾는 독립운동에 다 함께 발 벗고 나서는 일입니다. 왜놈들을 이 땅에서 몰아내지 않는 한 잔악한 수탈은 계속될 것이기 때문입니다.

**젊은이1**    선생님! 조선의 힘으로 왜놈들을 몰아낼 수 있을까요?

**철 민**    언젠간 일본은 망합니다. 무력으로 남의 나라를 침략하고 강점한 제국주의가 필연적으로 망한다는 게 역사의 교훈입니다. 그러므로 여러분은 해방의 그날을 떳떳이 맞이할 수 있도록 촌음을 아껴 쓰며 배움에 정진해 줄 것을 간곡히 당부드립니다. 언제 어디서나 이 말을 항시 기억하십시오. 아는 것이 힘이다! 배워야 산다!

**일 동**    (복창한다) 아는 것이 힘이다! 배워야 산다!


이때 젊은이3이 뛰어 들어오며 소리친다.


**젊은이3**    선생님! 왜놈 형사가 와요. 얼른 피하세요! (웅성대는 젊은이들)

**철 민**    자, 여러분. 조용히 하십시오. 이런 때일수록 침착해야 합니다. 모두들 뒷문으로 피하세요.

**젊은이1**    선생님! 빨리 피하십시오.

**철 민**    (고갤 젓는다) 아니야, 난 여기 남겠어.

**젊은이2**    그렇다면 저희들도 남겠습니다.

**철 민**    어서 가. 너희들까지 욕보게 하고 싶진 않아. 희생은 나 혼자로 충분하니까.

**젊은이2**  놈들에게 잡히면 어떤 봉변을 당하실지 모르는데… 차라리 저희들이 몸으로 막겠습니다.

**철 민**  가라니까! 너희들이 날 돕는 길은 날 혼자 내버려 두는 일이야.

**젊은이1**  여기 있다간 위험합니다.

**철 민**  이미 각오하고 있었어.


젊은이들, 몇 번씩 뒤돌아보고 주먹으로 눈물을 훔치며 사라진다.
잠시 후, 중절모를 쓴 고등계 형사가 나타난다.


**형 사**  당신이 강철민이오?

**철 민**  그렇소이다.

**형 사**  야학을 지도한다는데… 맞소?

**철 민**  (끄덕끄덕)

**형 사**  뭘 가르쳤소?

**철 민**  우리 국어를 가르쳤소이다.

**형 사**  (버럭) 어째서 조선어가 국어인가! 내선일체도 모르는가?

**철 민**  어째서 일본어가 우리 국어가 될 수 있소이까?

**형 사**  이 쌍 불령선인 같으니라구… 너, 사회주의자지? 민족의식을 고취한답시고 무지몽매한 촌민들에게 계급투쟁과 인민봉기를 선동하고 있지?

**철 민**  (눈을 부릅뜨고) 말씀을 삼가시오! 난 성산 보통학교 선생이

오. 선생 노릇을 하며 틈틈이 마을에 나가 글 모르는 청년들을 가르쳤을 뿐이외다.

**형 사**  닥쳐! 네가 이 마을 젊은이들에게 불온사상을 주입하고 있다는 정보를 입수해서 벌써 증거까지 확보해 놓았어. (수갑을 채우며) 할 말이 있으면 주재소에 가서 해 봐. (조소를 머금고) 조센진, 어디 보자. 얼마나 똑똑한 놈인지…. (형사, 철민을 끌고 간다)


무대, 암전 되면서 톱 조명.
또 다른 형사(최영감 扮) 등장. 형사의 손에 승마용 채찍이 들렸다.


**형 사**  (날카롭게) 꿇어 앉아!

**철 민**  (무릎 꿇고 앉는다)

**형 사**  (위협하듯 바닥에 회초리를 내리치다가) 혁우동맹의 정체가 뭐야?

**철 민**  모른다.

**형 사**  이 새끼, 내숭떨지 마. 내가 가르쳐 줄까?

**철 민**  ….

**형 사**  세화리 해녀 난동사건의 배후를 캐다가 우린 놀라운 사실을 발견했지. 이 사건을 뒤에서 조종한 건 혁우동맹이라는 비밀 결사였어.

**철 민**  (뜨악해서 형사를 본다)

**형 사**  (코웃음) 흐흐… 왜 놀라나? 순순히 불 테야?

**철 민**   (세차게 고갤 흔든다)

**형 사**   혁우동맹의 창설 취지는 야학을 이용해서 해녀들에게 사상교육을 시키는 한편 상해 임시정부의 독립군을 지원하기 위해 군자금을 모아 보내는 것이다. 강철민, 바로 그대가 연락책이다. 맞지?

**철 민**   난 혁우동맹이 뭔지도 모른다.

**형 사**   (화를 내며) 개새끼! 끝까지 뻗대는군. (채찍으로 사정없이 후려친다) 아지트가 어디야? 군자금을 댄 사람은?

**철 민**   (온몸을 경련시킨다)

**형 사**   (계속 채찍을 휘두르며) 군자금을 어디다 감췄어? 임시정부 요원과의 접선 장소는?

**철 민**   (채찍이 몸에 감길 때마다 온몸을 뒤틀다가 코를 박고 넘어진다)

**형 사**   (철민의 머리채를 끌어잡고) 성산포 잠녀조합에 들어간 프락치는 누구야? 난동의 주모자는?

**철 민**   (겨우) 모, 모른다… 최기봉이, 그대와 난 서당에서 함께 공부한 친군데 이럴 수 있나?

**형 사**   (머리채를 거세게 흔들며) 실토를 해! 실토를…! (대답이 없자) 독사 같은 놈! (하며 철민의 이마를 바닥에 찧는다)

**철 민**   (엎드린 채 기어가며) 물, 물을 좀 주시오, 물을….

**형 사**   빠가야로! (구둣발로 온몸을 마구 짓이긴다)


철민이 죽은 듯 움직이지 않자 형사, 퇴장. 철민, 천천히 안간힘을 쓰며 얼굴을 쳐든다.

**철 민**  (낮은 목소리로) 기미년 삼월 일일 정오…. (어둠 속에서 코러스
가 노랠 잇는다).

**코러스**  터지자 밀물 같은 대한 독립 만세

**철 민**  (목 메인 음성으로) 태극기 곳곳마다 삼천만이 하나로

**코러스**  이날은 우리의 의, 생명이요 교훈이다

**철 민**  한강물 다시 흐르고 백두산 높았다

**코러스**  선열아 이 나라를 보소서

**코러스**  동포야 이 날을 길이 빛내자

무대, 어둬졌다가 밝아지면 장내 스피커로 기미가요(일본국가)가
흘러나오고 호리존트에 일본 천황(裕仁)이 항복 방송하는 장면,
시민들이 태극기를 들고 거리로 쏟아져 나오는 장면 등이 비친다.
호리존트가 지워지면 '광복절 노래'를 부르며 마을 사람들이 나와
태극기를 흔들며 환호한다.

**일 동**  만세! 만세! 대한 독립 만세! 대한 독립 만세!

**남자 1**  (연단 위에 올라서서) 여러분! (일동, 침묵) 해방이 된 마당에 시
급히 우리 마을에 있는 악질 친일파부터 제거해야 할 것
입니다.

**남자 2**  옳소! 친일파를 끌어다 족칩시다.

**여자 1**  친일파가 누구요?

**남자 1**  일본놈들에게 빌붙어서 동족을 팔아먹고 애국지사들을 잔
인하게 고문한 고등계 형사 최기봉이가 아니고 누굽니까?

**일 동** 최기봉을 끌어오자! 처단하자! (남자들이 우 몰려가 최영감을 끌고 온다. 사람들 달려들어 뭇매를 가한다)

**아 내** 아이구, 필구 아버지. (온몸으로 감싸며) 살려 주십시오, 제발 살려 주십시오!

**남자 1** (무릎 꾼 최기봉을 내려다보며) 네 이놈! 네 죄를 알겠지?

**영 감** (머리를 조아리며) 네에, 네….

**남자 1** 네놈의 죄목은 부지기수이지만 그 중에서도 특히 우리 마을의 어른으로 추앙받던 강철민 선생이 야학을 가르치며 젊은이들을 깨우쳐 주셨는데 무고한 그분을 사상범으로 몰아 모진 고문을 가해서 옥사하게 한 천인공노할 죄인임을 인정하는가!

**영 감** 죽을죄를 졌습니다. 용서해 주십시오. (두 손을 삭삭 비빈다)

**남자 1** 여러분! 죄인에 대한 처분을 강 선생의 아들인 강용수 씨에게 맡기는 게 어떻습니까?

**일 동** 좋소! 용수에게 맡깁시다. 아들이 애비의 원수를 갚도록! (모두들 길을 터주면서 용수를 본다. 용수, 자석에 끌리듯이 연단 위로 올라선다)

**용 수** 여러분, 내 아버지가 당한 고통과 수모를 생각하면 저놈을 개 패듯 몽둥이로 때려죽이고 싶습니다만, 내 손에 저 짐승의 더러운 피를 묻히지 않겠습니다. 그러나 다시는 저 짐승을 보고 싶지 않으니 저놈을 우리 마을에서 추방하는 게 어떻습니까?

**일 동** 옳소! 추방하라!

**용 수**    추방하되 그냥 보내선 안 됩니다. 저런 개 같은 인간은 개 구멍으로 달아나게 해야 합니다. 우리 마을 사람들의 가 랭이 밑으로 기어서 가게 합시다.

**일 동**    옳소! 개처럼 기어서 가라! (사람들이 일렬로 늘어서서 가랭이를 벌리면 최영감이 기어서 통과한다. 그때마다 사람들은 최영감의 엉덩 짝을 팡팡 두들긴다) 짖어! 짖으라구!

최영감, 개 짖는 흉내를 내며 무대를 기어 다닌다. 필구, 증오가 번득이는 눈으로 용수를 쏘아본다. 무대, 부분 조명으로 바뀌면서 총상을 입은 용수가 집으로 돌아온다.

**용 수**    여보! 으… 여보!

**에 미**    (호롱불을 들고) 누구꽈? 이 밤중에….

**용 수**    나라. 나, 와서.

**에 미**    아니, 당신이!

**용 수**    쉿! 목소리를 낮추게.

**에 미**    (허벅지의 피를 보고) 어머, 피… 어떵 허단 다쳤수과? 어서 안으로 들어갑서.

**용 수**    그럴 시간이 없어. 지금 동지들이 산에서 내려와 일출봉 굴 속에 숨어 있는디 며칠을 굶었주게. 먹을 걸 좀 줘사크라.

**에 미**    그건 나중에 챙기기로 하고 우선 들어가서 상처부터 치료 해사쿠다.

**용 수**    아니 되어. 동지들이 기다릴 텐디….

**에 미**  그렇게 피를 많이 흘렸는디 어딜 가려는 거우꽈? 혼저 들어갑서. (에미가 떼밀자 마지 못해 마루로 올라선다. 에미가 고구마를 갖다주자 허겁지겁 먹는다. 필구가 발소리를 죽이며 접근해서 귀를 기울인다)

**용 수**  (압박 붕대를 풀며) 주변 공기가 어떵 허여? 지서의 병력은 얼마나 됨서?

**에 미**  (머큐롬으로 상처를 치료하며) 읍내에서 지원병력이 도착해서 마씸. 닭 잡아 오라, 술 대령하라, 토벌대의 행패가 말이 아니우다. (필구, 퇴장) 젊은이만 보이면 빨갱이로 몰아 죽이고, 반반한 부녀자들은 겁탈 당하기 일쑤고… 대낮에도 밖으로 나다니기가 무섭수다.

**용 수**  찢어죽일 놈들! 조금만 참앗서. 하늘이 무심허지 않을 거라. 무고헌 양민들을 학살하는 불한당 놈들에게 불벼락을 내릴 테주.

**에 미**  당신이 걱정이우다. 새벽마다 물 떠놓고 조왕신께 빌고 있지만….

**용 수**  내 한 몸 바쳐 나라가 산다면 대장부로서 떳떳한 일이라.

**에 미**  여보, 저어….

**용 수**  응?

**에 미**  아무 것도 아니우다.

**용 수**  얼른 말 허여게. 난 곧 가야 허니까.

**에 미**  얼마 전부터 몸이 이상허우다. 아이를….

**용 수**  (번쩍) 아이를 가졌단 말이라?

**에 미**    (주억주억)

**용 수**    (덥석 에미 손을 잡고) 몸 조리 잘 허여.

**에 미**    염려맙서. 당신이나….

**용 수**    (일어서며) 가사크라. 음식과 양식을 있는 대로 털어봐. 혼저!

용수, 마당으로 내려서는데 경관들이 포위한다. 팔장을 낀 필구가 음흉하게 웃고 있다.

**경관 1**    (총을 겨누며) 꼼짝 마! 넌 독 안에 든 쥐다!

**경관 2**    폭도 새끼, 마누라 엉덩이가 그리워서 하산했구먼. (번개같이 달려들어 포승줄로 결박한다. 자루를 들고 나오던 에미, 경악한다)

**에 미**    여보!

**용 수**    …. (필구를 노려보며) 최필구, 네 놈이!

**경관 3**    끌고 가!

**에 미**    안 돼요, 여보! (달려간다. 경관1, 총구로 에미의 복부를 찌른다. 윽, 하는 에미를 또 한 번 찌른다. 에미, 혼절해 나둥그라진다)

**용 수**    (피를 토하듯) 여보! 여보…!

**경관 3**    가자! (모두들, 퇴장)

어둠. 무대, 희미하게 밝아오면 의자에 앉아 있는 용수. 사찰과장 등장.

**과 장**    어때, 생각해 봤나?

**용 수**　….

**과 장**　누이 좋고 매부 좋자는 얘기야. 유격대 사령관 이혁진만
　　　　잡으면 폭도들은 지리멸렬해. 오합지졸이 된단 말야. 그러
　　　　면 이 난리도 끝이 나고 죄 없는 양민들도 덜 죽게 돼. 네
　　　　가 이혁진 체포에 공을 세우면 상부에 특별 상신해서 빨
　　　　치산 전력을 없던 걸로 해 주지. 뿐인가? 큰 상을 내릴 거
　　　　야. 전향자에게 베푸는 대한민국 정부의 은전이란 말이야.

**용 수**　(냉소적으로) 은전?

**과 장**　(희색이 만면하여) 벙어리가 된 줄 알았더니 이제야 입을 여
　　　　는군. (담배를 권하며) 그동안 고생이 많았지?

**용 수**　(담배를 받아 연기를 깊숙이 들이 마신다)

**과 장**　쓸데없는 고집을 부렸어. 처음부터 이랬으면 헛고생은 안
　　　　했지.

**용 수**　내가 할 일은 뭐요?

**과 장**　길잡이를 하라는 거지.

**용 수**　이혁진 사령관을 잡는?

**과 장**　그래.

**용 수**　난 사령관을 잘 몰라요. 산에서 한 번 뵌 적은 있지만.

**과 장**　우린 다 알고 있어. 자넨 한라산 지리에 통달한 사냥꾼이
　　　　야. 계곡과 동굴, 오름과 밀림을 노루나 오소리보다 더 잘
　　　　알고 있지. 사령관의 비밀 아지트나 야영지를 찾아내. 정
　　　　예 경관 열 명을 딸려 보내겠다.

**용 수**　찾지 못 하면?

**과 장**  돌아오지 마. 한라산 어느 계곡에 네 시체가 던져지겠지. 굶주린 까마귀떼가 네 눈알을 파먹을 거야. (얼굴 부위를 차례로 만지며) 그 다음엔 코, 다음은 입, 두개골까지 파먹을 거야. (용수의 머리를 쓰다듬는다)

**용 수**  (과장의 손을 뿌리치며) 수색기간은?

**과 장**  사흘. 배낭에 사흘치 음식을 넣었다. 어떤 일이 있더라도 사흘 안에 사령관을 생포하든지, 그게 불가능 하면 사살하라, 알겠나?

**용 수**  (과장을 응시하며 천천히 끄덕인다) 이미 각오하고 있었소.

**과 장**  지금 당장 출발해. 김 순경! 갖고 와.

김 순경, 배낭과 총을 용수에게 내민다. 용수, 총을 들고 나간다. 몇 사람이 그의 뒤를 따른다. 오르막길에 엎드려 매복해 있던 용수, 휘파람새 소리를 듣고 급히 길 아래로 내려선다. 목이 긴 붉은 장화를 신고 권총을 허리에 찬 이혁진과 그의 참모, 오르막길에 등장. 지도를 펴놓고 작전을 숙의한다. 용수, 토벌대에게 신호를 보낸 다음, 당당히 나선다.

**용 수**  사령관 동지, 오랜만이오. (이혁진이 재빨리 권총을 뽑아들지만 토벌대의 총구가 일제히 불을 뿜는다. 쓰러지는 이혁진과 참모)

용수, 배낭을 부리고 이혁진 곁으로 다가간다. 코러스가 "잠들지 않는 남도"를 부른다.

외로운 대지의 깃발 / 흩날리는 이념의 땅
어둠살 뚫고 피어난 / 비에 젖은 유채꽃이여
검붉은 저녁 햇살에 / 꽃잎 시들었어도
살 흐르는 세월에 / 그 향기 더욱 진하리
(용수가 부릅뜬 이혁진의 눈을 감겨 준다)
아- 아- 아- 아 / 아- 아- 아- 아
아, 반역의 세월이여/ 아, 통곡의 세월이여
아, 잠들지 않는 남도, 한라산이여


희미한 굿소리가 바람결에 실려 온다.
무대 어둬졌다가 밝아진다. 다시 유치장.


**석 중**  그래서 미연이와 관계를 끊으라고 하셨군요.

**에 미**  그 집과 우리 집은 애당초 인연이 없다. 팔자소관이거니
하고 생각하거라.

**석 중**  하지만 미연인 그 아버지나 할아버지 하곤 달라요.

**에 미**  그건 나도 안다. 허나, 느가 내 입장이 되면 두 사람의 교
제를 허락하겠냐?

**석 중**  (머리칼을 쥐어 뜯으며) 아, 모르겠어요. 혼란스럽군요.

**에 미**  4·3사태가 나기 바로 전 해에 난 열여덟 살의 나이로 시
집을 왔어. 이듬해 첫 아이를 가졌었는디 무지막지한 놈
들이 태아가 꿈틀거리는 내 배를 총으로 찌르는 통에 유
산하고 말았저. 그후 10여 년 동안 아이가 자궁 속에 들어

앉지 않다가 가까스로 너와 순임일 낳았주.

**석 중** 어머니, 이제 그만 돌아가세요. 면회시간을 초과했다고 아까부터 경찰관이 눈짓을 보내 왔어요.

**에 미** 오냐, 가마. 몸성히 지내거라. 콩밥이지만 꼭꼭 씹어서 먹고… (조용히 나가다가) 느 애비의 비극은 그것으로 끝난 게 아니다. 6·25전쟁이 일어나자 당국에선 예비검속이란 명목으로 전향자, 자수자와 입산자 가족들을 다시 잡아들이더라.

**석 중** 그럼, 아버지도?

**에 미** 느 애비도 붙잡혀 부산 형무소에 갔다가 5·16이 나자 특사로 풀려 나왔는디 폐병만 얻어가지고 상거지 꼴로 고향에 돌아와성게. 와서는 병자가 가만히 쉬지 않고 양계를 해 보겠다고 발버둥쳐대더니만, 하루는 칙간에 간 양반이 한 식경이 지나도 소식이 없는 거여. 칙간에 가 봤더니 앉은 채로 피를 토하고 숨을 거둔 후였저. (울먹이며) 뼈만 남은 앙상한 얼굴이 핏기도 없이 하얗게, 창호지처럼 하얗게…. (옷고름으로 눈물을 닦는다)

**석 중** 어머니, 고생 끝에 낙이란 말이 있잖아요? 아무리 고생스럽고 살기 힘들어도 사노라면 언젠가 기쁨이 찾아올 때가 있을 거예요. 캄캄한 밤이 지나고 나면 일출봉에 어김없이 해가 떠오르는 것처럼 말예요.

**에 미** 그래, 하루도 거르지 않고 일출봉에 해는 뜨더라.

**석 중** 그럼요, 힘내세요.

**에 미**  가마, 잘 있거라.

**석 중**  안녕히 가세요. (돌아서 가는 에미 등을 향해) 어머니… (에미, 멈춘다) 전 어머니가 잠녀라는 게 자랑스러워요. (에미, 그냥 간다)

석중도 퇴장. 장막이 걷히고 심방이 차사영겟기와 옷을 들면, 소무가 메치메장(인형)을 등에 업혀 준다. 심방은 무릎까지 물이 차는 바다로 나가는 시늉을 하다가 감상기와 옷을 쳐들고 혼을 부른다.

**심 방**  어―, 4·3사태에 죽은 넋입네다. 볼래낭게에 빠져 죽은 영신 혼벽, 이름은 ××, 이름은 ××, 이름은 ××…… 초혼을 씌우져 합네다. 초혼 돌아옵서. 초혼 본 ― (징을 세 번 친다) 한날한시에 성산포 앞바다에서 익사한 이혼 돌아옵서. 이혼 본 ― (징을 세 번 친다) 삼혼 돌아옵서. 삼혼 본 ― (징을 세 번 친다) 순덕이 어멍, 영그릇 건져 오라.

**소 무**  예, 망자의 머리터럭이라도 영그릇에 있는 머리빗에 걸려서 올라올 텝주. (퇴장)

**에 미**  사태 때 죽은 영신들의 행방은 찾았수과?

**심 방**  어느 영신은 뭍으로 올라 왔고 어느 영신은 해초에 걸려 있다가 이제 올라 왔수다. (소무, 영그릇을 들고 등장)

**소 무**  (마당에 돗자리를 깔고 인형을 눕힌다) 망자의 혼을 건져 올려 인형에다 씌웠으니 인형이 시체가 되는 거우다.

**에 미**  아이고, 그러면 이 인형들이 사태 때 죽은 영신들이우꽈?

**소 무**    그렇수다.

심방이 인형 위에 차사 영겟기와 옷을 덮고, 마을 사람들은 둘러 앉아 손 모아 빌면서 '아이고, 아이고' 곡 소리를 한다.

**심 방**    (징을 한 번 치면서) 관 세우라. (사람들, 둘러 앉아 염습을 한다) 신 세우라. (징을 친다)

염습이 끝나면 마을 사람들이 돗자리를 상여처럼 둘러메고, 심방 은 돗자리 끝까지 길게 늘어뜨린 끈을 어깨에 멘다. 그리고 나서 징소리에 맞춰 상여노래를 부르며 상여를 메고 간다.

**심 방**    가네 가네 나는 가네
**일 동**    어화 넘차 어화로다
**심 방**    북망산천 멀다더니
**일 동**    어화 넘차 어화로다
**심 방**    장문 밖이 북망이로구나
**일 동**    어화 넘차 어화로다
**심 방**    설운 님들 잘들 있소
**일 동**    어화 넘차 어화로다

상여가 무대를 한 바퀴 빙 돌고나서 징막 안으로 들어간다.

**남자 1**　온 마을이 떠들석하게 요왕맞이 굿을 하는디 이장이란 작자는 꼴도 안 비치니 어찌된 판이라?

**남자 2**　굿판에 나왔다간 인정도 걸고 기부도 해야 하는디 그 자가 언제 손해 보는 일에 끼는 거 봐서? (이때, 이장과 미연 등장)

**남자 1**　흥, 호랑이도 제 말 하면 온다더니.

**남자 2**　양반 되긴 틀렸어. 제 말 할 때 불쑥 기어 나와시난.

**이 장**　(남자들을 둘러보며) 자네들, 왔는가?

**남자들**　(외면한다)

**이 장**　왜들 모래 씹은 인상을 하고 있어?

**남자 1**　(독백처럼) 체, 넉살도 좋으셔.

**미 연**　(에미에게 다가가서) 안녕하세요?

**에 미**　응. 입원했다고 들었는디 몸은 나아시냐?

**미 연**　네.

**이 장**　오늘 퇴원하면서 곧장 이리로 온 거요. 석중이 일로 뭔가 오해를 하고 있는 것 같아서 해명도 할 겸, 겸사겸사 해서….

**에 미**　(차갑게) 오해라고? 변명은 듣고 싶지 않수다.

**이 장**　변명이 아니오. 자초지종은 이렇소. 난데없이 지서장이 집으로 전화를 걸어왔지 뭐요. 이 얘기 저 얘기 하다가 지나가는 말로 석중이 소식을 물읍디다. 그래서 말씀야, 내가 땅 문제로 의논할 일이 있어 잠녀 회장 집에 갔다가 석중일 만났다고 했지. 난 석중이가 수배자인 줄은 전혀 몰랐어요. 나중에 안 일이지만 지서장은 즉각 석중이가 숨을 만한 곳을 찾아보라고 부하들에게 명령했고 동굴 속에 숨은 석중일 순경들이 찾아내 지서로 연행해 간 거라오.

**남자 1**   이장님이 석중일 밀고한 걸 알고 미연이가 농약을 마신다, 어쩐다 자살 소동을 벌였댄 허멍 마씸?

**이 장**   에끼, 이 사람, 밀고라니? 그 이야긴 어디서 들었어?

**남자 1**   발 없는 말이 천리를 간다는 속담도 몰람수과?

**남자 2**   그러니까 이장님은 아무 잘못이 없다, 이런 말이우꽈?

**이 장**   경위야 어찌 됐든간에 말씀야, 내가 얘길 했기 때문에 결과적으로 석중이가 붙잡히게 됐으니까 잘못이 조금도 없다고 할 순 없지. 그래서 우리 미연이의 신신당부도 있고 해서 말씀야, 해명 겸 사과를 하려고 일부러 이렇게 찾아 왔다오.

**에 미**   (빈정거린다) 미연이의 신신당부가 없었다면 댁이 찾아올 리가 어십주. 미연이가 아깝수다. 돼지 모가지에 진주라 마씸, 진주!

**이 장**   에끼! 그럼 내가 똥돼지란 말야?

**남자 2**   그러지 않아도 며칠 전에 이장님 댁을 찾아 갔다가 없어서 그냥 왔는디 여기서 얘기 허쿠다.

**이 장**   뭔데 그래? 우리 집으로 가서 하지.

**남자 2**   아니우다. 이런 말은 여럿이 있는 자리에서 공개적으로 하는 게 나읍주. 너븐드르 땅 팔겠다고 했던 거 취소하겠수다.

**이 장**   아니, 이거 누구하고 장난 하나? 계약서에 도장 찍어 놓고

54

이제 와서 무슨 헛소리야!

**남자 1** 헛소리건 참소리건 나도 취소허쿠다.

**이 장** (째려보며) 어쭈? 이것들이 아주 작당모의를 했군 그래. 팔기 싫음 관 둬, 관두라구! 내가 살 땅이야? 호텔을 내가 짓나? 나도 심부름꾼에 불과하다구. 솔직히 말해서 나도 내키지 않은 걸음이었어. 생각해 봐, 동네 사람들한테 욕 먹어 가면서 미쳤다고 내가 이 짓을 해? 난 말씀야, 양쪽에 다리를 놓아서 서로 좋게 하려고… 내 돈 써가면서 똥줄 빠지게 고생하며 뛰어다닌 사람이야.

**남자 1** 양쪽에 다리를 놓아주면서 받아 챙긴 알선수수료니 중개료는 어째서 언급이 없수꽈?

**이 장** 아니, 어느 놈이 그따위 허무맹랑한 말을 퍼뜨리고 다녀? 누구야! 콱 다리 몽댕일 분질러 버릴 테니까….

**남자 1** 헹, 아니 때린 북장구에 소리가 나? 증거를 대카 마씸? 저번에 에치 구루뿌 상무한테서 봉투를 받았다고 했지예?

**이 장** 그거야… 자네도 알다시피 거마비쪼로….

**남자 2** 이장님, 이빨도 안 들어갈 소린 하지도 맙서. 뭔 놈의 거마비가 그렇게 엄블랑 헙니까?

**이 장** 이 사람아, 그걸 어디 나 혼자서 먹나. 자네들 하고 읍내 룸 싸롱에 가서 먹은 술값은 누가 냈어?

**에 미** 바야흐로 바른 말들이 술술 나왐신게 마씸.

**남자 2** 거두절미하고 이장님은 재벌의 앞잡이라는 욕을 들어 싸우다.

**이 장** (격분하여) 뭐여! 앞잡이라니? 이놈이 죽고 싶어 환장을 했나, 뒈지고 싶어 몸살을 하나!

**남자 2** (손가락질 하며) 당신 말이오! 우리 마을에서 편안히 관 속에 들어가커들랑 등 치고 간 내먹는 짓 그만 하시오. 앞에서는 술 한 잔 얻어 먹젠 손 비비며 아첨할지 몰라도 돌아서서 당신 욕 하고 다니는 사람들이 얼마나 많은 줄 아시오?

**이 장** 당신? 당신이라니! 니 애비 보고 여보 당신 해라, 이 자슥아!

**남자 2** 자식이라고? 당신 나이가 몇이오? 나 하고 기껏해야 다섯 살 안짝 차이밖에 없어!

**이 장** 아니, 이게 어따 대고 쌍 라이트를 켜서 노려 봐, 노려 보긴! 다섯 살이면 이놈아, 오 년 동안 먹은 콩나물을 일렬종대로 집합시켜 봐. 한라산에서 백두산까지 줄기차게 뻗어가, 임마!

**남자 2** 말 잘 했어. 당신이야말로 거지 똥구멍에서 콩나물 대가릴 뽑아먹을 인간 말종이야!

**에 미** (손을 휘저으며) 아휴, 굿판에 와서 웬 쌈박질이우꽈? 싸우려거든 딴 데로들 갑서, 갑서게!

**미 연** 집으로 가요, 아버지!

**이 장** (팔을 걷어붙이며) 까불고 있어, 짜식들이….

**할 미** 저 사람은 필구 아니라? 저러니까 오그라진 개 꼬랑지 삼년 묵혀도 퍼지지 않는다고 했주. 그 성질이 어디 가.

이때, 오조리 잠녀 가·나 등장. 잠녀 가, 에미에게 목례를 보낸다.


**에 미**  어쩐 일로… 또 뭐 따질 일이 있수꽈?

**잠녀 가**  (계면쩍어서) 아, 아니우다. 저어… 사과를 드리려고….

**에 미**  사과라니?

**잠녀 나**  오조리 양식장에서 소라, 전복이 죽은 건 성산리 넙치 양식장에서 흘려보낸 폐수 때문이라고 며칠 전에 우리가 항의하러 왔었지예?

**에 미**  그래십주.

**잠녀 나**  그게 사실이 아님이 밝혀졌수다.

**에 미**  네에?

**잠녀 가**  우리가 보건연구소에 수질 감정을 맡겼더니 글쎄 그게 양식장 폐수가 아니라… 골프장에서 쓰는 맹독성 농약이 바다로 흘러가 폐사의 원인이 됐다는 거라 마씸.

**남자 1**  저런! 그렇다면 남해 골프장의 농약이 바닷물꺼정 오염시켰다는 말이 되는군.

**잠녀 가**  그러십주. 그래서 지난번에 뜬금없이 야료를 부려 미안하다는 말씀을 드리려고 찾아 왔수다.

**에 미**  오해가 풀려서 나도 기쁘우다. 우리 앞으로는 사이좋게 지냅주.

**잠녀 가**  경협주게, 이웃 사촌이라는디 이웃 마을끼리 잘 지내십주. 저희들은 가 보쿠다. 안녕히 계십서. (두 사람, 퇴장)

**남자 2**  죽일 놈들! 바다는 어민들에게 땅보다 더 소중한 생명줄

인디 그걸 농약으로 오염시켜 놨으니 이제 우린 흙 파먹고 살란 말이냐! (이장을 향해) 이게 다 당신의 농간 때문이란 말이오!

**이 장** (벌컥 해서) 아니, 이 빌어먹을 놈이 걸핏하면 날 걸고 넘어지니 미치고 환장하겠네, 정말!

**남자 2** (멱살을 잡으며) 뭣이 어쩌고 어째! (서로 멱을 잡고 밀고 당긴다)

**미 연** 아버지! 참으세요, 제발!

**에 미** (고함) 그마안! 그만 두고 다들 갑서, 갑서게! (두 사람, 손을 놓는다)

이때 잠녀 1이 허둥지둥 뛰어 들어온다.


**잠녀 1** 성님! 성님! (신문을 펴보이며) 석중이 할아버지가 신문에 났수다!

**에 미** 신문에 나다니?

**할머니** 무시거라? 석중이 애비가 어떵 했다고?

**잠녀 1** 석중이 아버지가 아니라 석중이 할아버지 사진이 신문에 났댄 허난 마씸! 이 사진을 보고 석중이 할아버지다, 아니다로 의견이 엇갈려서 석중이 할머니한티 직접 여쭤 보려고 가져 와십주.

**남자 1** (신문을 가로채며) 이리 줘 봅서. 맞수다! 사진 밑에 강철민, 석중이 할아버지 맞지?

**남자 2** 기사를 읽어 봐, 얼른.

**남자 1**　(읽는다) 에또… 독립유공자 12인 뒤늦게 발굴이라… 국가 보훈처에서는 1932년 세화리 잠녀사건에 연루되어 일제 식민지 고등법원에서 7년형을 언도 받고 대구 감옥에 수감 중 옥사한 강철민 씨 등 열두 명의 독립유공자를 발굴하여 오는 8월 15일 제 50주년 광복절 기념식장에서 대한민국 건국훈장을 추서키로 했다.

**남자 2**　야! 이거야 말로 비끄 뉴스로군. 대단해! 대단하다구!

**에 미**　왜들 아우성이우꽈? 나도 좀 봅주. (신문을 읽어가는 에미의 손이 떨린다. 할머니에게 달려가서) 어머님! 아버님이 훈장을 받는댄 햄수다, 훈장을!

**할 미**　(사진을 물끄러미 보다가 눈시울을 적신다) 에미야… 훈장이 뭐 그리 대수로울 게 이시냐. 영감이 사후에라도 올바로 인정받은 게 기쁜 일이주.

**이 장**　나도 좀 읽어 봅시다. (기사를 읽으며 끄덕인다) 으응, 당시의 재판기록이 법원행정처의 정밀조사로 발견됐군. 이건 훈장으로 끝날 일이 아니구만.

**남자 1**　건 또 뭔 소리우꽈?

**이 장**　독립유공자의 후손에게는 국가에서 연금을 지급하게 돼 있어.

**잠녀 1**　연금이라면… 돈을 받는단 말이지예?

**이 장**　거럼, 급수에 따라 다르지만 상당한 액수를 매달 받게 될 걸.

**에 미**　어머님! 하늘이 도우셨수다. 세상에… 꿈도 꿔보지 않았던 행운이우다.

**할 미**  영감… 저승에 가서도 우릴 굽어 살펴 주시는구려.

**이 장**  (신문을 뒤져보다가) 아니, 이게 뭐야! 화성그룹 도산! 족벌체제로 문어발식 기업경영에다 중화학 부문에 무리한 투자로 인해… 이런 날벼락이 있나? 내 돈, 내 돈은 어떻게 회수하지?

**남자 2**  (신문을 뺏어 보고) 화성 그룹이라면 너븐드르에 관광호텔을 짓겠다던 그 회사 아닌가?

**남자 1**  그렇지, 남해 골프장도 계열회사야. 그렇게 덩치 큰 그룹도 망하는가? 경헌디 이장님 돈이 그 회사에 물려 있는 게 있수꽈?

**이 장**  호텔을 지으면 식당 운영권을 내가 따는 조건으로 그 회사 주식을 대량으로 사 들였거든. 회사가 망하면 주식이 휴지로 변할 텐데 이를 어쩐다지?

**남자 1**  이장님은 땅 부잔디 그깟 주식값 좀 떨어졌다고 안달이우꽈?

**이 장**  (불끈해서) 시방 불난 집에 부채질 하는 거야! 남은 울화가 치밀어서 졸도할 지경인데… (발을 동동 구르며) 아이쿠, 이 일을 어쩐다지? 어쩐다지? 내 돈! 내 돈! 내 돈이 날아가! (하며 부리나케 나간다)

**남자 2**  저 양반 언제 철들지?

**할 미**  필ㄱ기 ㅁ시 ㄲ 휌시? ㄲ ㅉ내 본 ㅁ팀 ㅂㅌㅇ 획획 ㅂㄷㄹㅁ 신게.

**에 미**   어디 돈을 투자했다가 손해를 보게 된 모양이우다.

**남자 1**   날개 달린 돈을 쫓아 갔는디 찾을 수 이시카?

**남자 2**   어림 반푼어치도 없는 소리. 돌고 돈다고 해서 '돈'이라는 이름이 붙은 걸 몰람신게, 저 화상은….

**남자 1**   (할머니에게) 아무튼 축하드립니다.

**잠녀 1**   (에미에게) 석중이네 집에 경사 났수다.

**남자 2**   영예스러운 애국지사의 가문이 됐으니 푸짐한 잔치라도 한 번 여십서.

이때 보퉁이를 품에 안은 석중 등장. 수염이 많이 자랐다. 에미, 놀라서 눈이 휘둥그레진다.

**에 미**   석중아! (아들의 얼굴을 어루만지며) 이것아, 어찌 된 영문이냐? 기별도 없이….

**석 중**   광복절 특사로 풀려 나왔어요.

**할 미**   뭐, 우리 석중이가 왔다고? (지팡일 짚고 일어선다)

**석 중**   네, 할머니. 이젠 아무 염려 마세요.

**할 미**   오냐, 돌아와서 다행이여. 그동안 느 에미, 마음고생이 여간 아니었저.

**미 연**   석중 씨… 다시 만나게 돼서 기뻐요.

**석 중**   보고 싶었어.

**남자 1**   축하하네. 나올 줄 알았지. 광복 50주년이 되는 마당에 이 나라의 동량이 될 자네 같은 젊은일 감방에 붙잡아 둬서야 되나.

**석 중**    감사합니다. 덕분에 인생 공부 많이 했습니다. 어머니, 순임이가 보이지 않는군요.

**에 미**    으응, 나중에 집에 가서 얘기 허키여.

**석 중**    순임이에게 뭔 일이 있었나요?

**에 미**    아니, 며칠 전부터 행방불명이여.

**석 중**    행방불명이라구요? 어머니한테 말도 없이 사라졌단 말입니까?

**에 미**    수남이가 여기 저기 알아보고 있저.

**석 중**    아, 네… 수남인 믿을 만한 친굽니다.

수남이 일출봉에서 힘없이 내려온다.

**석 중**    수남아! 오랜만이다. 별일 없었지?

**수 남**    (에미에게 운동화를 내민다)

**에 미**    (받아들고) 이건… 순임이 운동화 아니가? 이거 어디서 나시니?

**수 남**    (일출봉을 가리키며) 애기 업은 바위 위에 운동화만 가지런히 놓여 이십디다.

**에 미**    그럼…?

**수 남**    (고개만 끄덕인다)

에미, 스르르 주저앉았다가 모로 넘어진다.

**석 중**  어머니! (끌어안고) 어머니, 정신 차리세요!

**잠녀 1**  성님!

**남자 2**  빨리 심방헌터 알려사주. (제장 안으로 달려가 심방을 데리고 나온다)

**심 방**  회장님! (제장을 향해) 순덕이 어멍! 물 가져 와, 물! (소무가 물을 가져 오자 입에 넣었다가 에미 얼굴에 확 뿌린다)

**에 미**  (꿈틀하며 눈을 뜬다) 여기가 어디고?

**석 중**  굿판입니다.

**에 미**  꼭 꿈 꾸다 깨어난 거 같은 게. 수남아, 애기 업은 바위로 가자. 내 눈으로 똑똑히 봐사키여.

**석 중**  어머니, 고정하세요.

**심 방**  회장님, 굿이 끝나 감수다. 굿이 끝난 후에 따님을 찾아 보십서.

**잠녀 1**  성님, 심방 말을 따르십서, 성님은 제주가 아니우꽈?

**에 미**  알았저. 제장으로 갑주게. (모두들 제장으로 들어간다)

**심 방**  (장단에 맞춰 한 바탕 춤을 추고나서) 분부 문안의 말씀을 여쭈와 드립네다. (소복을 한 순임이 맨발로 심방의 몸 속으로 들어간다)

**심 방**  (천천히 도리질하며 뭔가를 찾는다) 잃었어요, 잃어 버렸어요….

**에 미**  아니, 저건 순임이 목소린데….

**심 방**  (도리질하며) 운동화, 운동화….

**수 남**  (운동화를 심방의 발 앞에 놓는다)

**심 방**  (운동화를 신고 에미 곁으로 다가가며) 어머니, 저 왔어요. 살아 생전에 어머니 속만 썩이다가 죽어 요왕국 상불턱에 오

니 왜 이렇게 집이 그립고 어머니 얼굴 보고픈지 모르겠
어요. (눈물 수건을 들고 운다) 서울에서 제가 일했던 봉제공
장의 뒷마당에 손무덤이 있었지요. 절단기에 잘린 여공들
의 손가락을 묻는 곳이에요. 처음엔 죽은 강아지를 파묻
듯 아무렇게나 손가락을 묻다가, 작은 나무 십자가를 하
나씩 꽂기 시작했는데 나중에 그곳은 기독교 공동묘지처
럼 십자가로 뒤덮이게 됐죠. 그 손무덤에 누군가 유도화
를 심었어요. 여름 내내 유도화는 손가락이 잘려 나갈 때
뿜어져 나왔던 핏물처럼 시뻘건 꽃을 피웠죠. 내 손을 묻
을 때 난 그 유도화에서 흘러내리는 핏물을 보았어요. 그
리곤 정신을 잃었죠. 어머니, 내 무덤가에는 유도화를 심
지 말아 주세요. 하얀, 하이얀 수선화를 심어 주세요.

**에 미**   (오열한다) 수, 순, 임아… 이년아….

**심 방**   (수남에게로 간다) 수남 씨, 서울서 공장 다니다 몸이 아파
내려왔다는 건 거짓말이었어요. 절단기에 손이 잘린 후,
배불뚝이 사장은 쥐꼬리만 한 퇴직금을 쥐어주고 쓸모
없어진 날 해고했어요. 약을 먹고 죽으려 했지만 자취방
동료에게 들켜 실패하고 말았죠. 자포자기 상태에서 술
집으로 전전했어요. 그러다가 내 몸에 이상이 있음을 알
아차렸죠… 태어나지 말아야 할 저주의 씨앗을 몸에서
떼어내 너븐드르에 묻었어요. 무서워요, 세상이! 두려워
요, 사람들이! 수남 씨… 더러운 이년을 잊어버리고 좋
은 여자 만나 부디 행복하게 사세요. (수남, 허청허청 걸어간

다) 안녕히….

**수 남** 안 돼, 안 돼, 안 돼 -! (쏜살같이 일출봉을 향해 뛰어 간다)

**심 방** (할미에게 간다) 할머니, 오래오래 사세요. 할머닌 저 보고 상 군 잠녀가 되라 하셨지만 한쪽 손이 없는 병신이 어떻게 잠녀가 될 수 있나요? 저도 할머니와 어머니 뒤를 이어 상 군 잠녀가 되고 싶었지만 어쩔 수 없었죠. 다 지 팔자 지 복인 걸 어떻게 해요?

**할 미** (심방의 몸을 만지며) 누구고? 순임이가?

**심 방** (석중에게로 간다) 오빠, 먼저 가는 이 못난 여동생을 용서해 주세요. 불쌍한 우리 어머니, 오빠가 잘 보살펴 드리세요. (에미, 운다) 오빠만 믿고 갑니다. 저는 요왕국에 잠시 머물 다가 이어도로 갈 거예요. 한 많은 섬사람들이 죽어서야 비로소 찾아가는 땅. 설움도 눈물도 고통도 없는 땅, 이어 도로… 모두들 안녕히 계세요. 안녕히….

심방의 몸에서 빠져 나온 순임이 나비처럼 훨얼 훨 춤추며 일출봉 으로 향하면서 낮고 음울하게 제주민요 '이어도 사나'를 부른다. 코러스가 순임의 노래를 이어 받는다.

| 하늘 같은 | 우리 용왕 |
|---|---|
| 주린 설움 | 알암 싱가 |
| 한숨 눈물 | 보암 싱가 |
| 바당 소리 | 짚은 밤에 |

| | |
|---|---|
| 어린 것덜 | 재워 두곡 |
| 각지 불에 | 심지 올령 |
| 망사리끈 | 고치젠 허난 |
| 용왕님아 | 용왕님아 |
| 피눈물만 | 나는구나 |
| 뱁지못헌 | 불쌍헌 것덜 |
| 모두 아정 | 통곡 하여도 |
| 누게 하나 | 달래 주카 |
| 어느 제랑 | 좋은 세월에 |
| 손손 심엉 | 살아 보코 |
| 어느 제랑 | 좋은 세상에 |
| 허리 패왕 | 살아 보코 |
| 이어도 사나 | 이어도 사나 |

**심 방**　　방광서불로 일객을 새나우며 말만소 신만소호며

열두 시왕문 열려 맞자.

제1 진광 대왕문도 열려줍서

제2 초광 대왕문도 열려줍서

제3 송제 대왕문도 열려줍서

…………

제10 전륜 대왕문도 열려줍서

시왕문 앞에 영혼상을 놓고 그 앞에 사람들이 꿇어 앉아 일제히
인정을 걸면 심방은 '해심곡'에 있는 각 대왕의 직능 해설 대목을

노래하며 신칼을 지워 점을 친다. 신칼날이 한쪽을 향하게 되면 '열려 맞자' 하는 큰 소리와 함께 징을 울리며 그 문을 떼어 던져 다음 문으로 들어가고, 점괘가 나쁘면 몇 번이고 인정을 받아 반복한다. 열두 문이 다 열리고 나면, 인형을 태운다.

소 무  옥황상제 천지왕도 돌아삽서
불쌍헌 영신 인도헐 차사님도 돌아삽서
요왕국 대왕, 요왕국 차사님도 돌아삽서

마을 사람들 모두 서우젯소리를 부르며 춤춘다. 자진모리에서 휘모리로 장단이 몰아칠 때 해골바가지 탈을 쓴 귀신들이 나와 기쁜 듯이 춤춘다. 이때 천둥번개가 치고 무대 밖에서 "비가 온다! 비가 온다!"는 외침. 제장의 단골들, 우르르 일어나 환희에 넘쳐 빗물을 손에 받는다. 귀신들, 고맙다는 듯이 사방팔방에 대고 넙죽넙죽 절하다가 석중과 미연을 마당으로 끌어내어 서로 손 잡고 춤추게 만든다. 두 사람의 춤을 말리려는 에미와 그걸 방해하려는 귀신들 사이에 한참 실랑이가 벌어지는가 싶더니 슬며시 등장한 이장을 끌어내어 에미와 양손 붙잡고 춤추게 한다.
에미, 처음엔 한사코 거부하다가 할머니까지 나와서 지팡일 내던지고 최영감과 함께 신명나게 춤추자 마지못해 이장의 손길을 받아들인다. 마을사람들이 일제히 너훌너훌 한데 어우러질 때 빗소리와 굿거리장단이 고조되며 막이 내린다.
– 막 –

한국 희곡 명작선 142
## 이어도로 간 비바리

초판 1쇄 인쇄일    2023년 11월 20일
초판 1쇄 발행일    2023년 11월 29일

지 은 이    장일홍
만 든 이    이정옥
만 든 곳    평민사
　　　　　서울시 은평구 수색로 340 〈202호〉
　　　　　전화 : 02) 375-8571 / 팩스 : 02) 375-8573
　　　　　http://blog.naver.com/pyung1976
　　　　　이메일　pyung1976@naver.com
등록번호　　25100-2015-000102호
ISBN　　　978-89-7115-107-5　04800
　　　　　978-89-7115-663-6　(set)
정　　가　　8,000원

이 책은 사단법인 한국극작가협회가 한국문화예술위원회의 2023년 제6회 극작엑스포
지원금을 받아 출간하였습니다.

# 한국 희곡 명작선